信不信由你

一週開口說 QR Code 版

土耳其語

魏宗琳　著 / Fshrimp FanChiang　插畫

繽紛外語編輯小組　總策劃

Türkçe, Kuzey Buz Denizinden başlayarak Çin'in içlerinden Avrupa'nın en uzak noktalarına kadar ulaşan 12 milyon kilometrekarelik bir alanda konuşulan bir dildir. 19. yüzyılın ünlü Türkologlarından Vambery yaptığı gezilerde bir insanın Türkçe bilmesi durumunda Balkan'lardan Mançurya'ya kadar dil sıkıntısı çekmeden seyahat edebileceğini söylemiştir. Elbette bu coğrafya bugün Avrupa'nın değişik ülkelerinde yaşayan Türkler sayesinde daha da genişlemiş bulunmaktadır.

土耳其文廣泛使用於北極海周圍、中國內陸、甚至深入歐洲最遙遠角落的語言，其使用範圍遠達12萬平方公里之遙。19世紀著名的突厥學家之一范貝利，在旅行中曾說到：「若懂得土耳其文，在巴爾幹至滿洲之間便能毫無滯礙地四處旅遊。」也多虧了遍佈歐洲各國的土耳其移民，使這一語言的分佈更為遼闊。

Türkçe bugün dünyada 200 milyon üzerinde insan tarafından kullanılmaktadır. Son on yılda anadili Türkçe olan Türkiye Cumhuriyeti'nin özellikle ekonomik alanda göstermiş olduğu başarı Türkçe'nin önemini daha da arttırmış ve bu dile olan ilginin artmasını sağlamıştır. Bahsettiğimiz dönemde milli geliri üç kat artan, sürekli büyüyen mevcut turizm potansiyeli ile önemi her geçen gün yükselen Türkiye ve Türkçe, Çince konuşan toplulukların ve ülkelerin de ilgi odağı haline gelmiştir. Sınırların ortadan kalktığı, farklı kültür ve ülkelere ilginin arttığı bir dönemde Çince konuşan halkların da Türkçeye ilgi duyması doğal olmaktan başka önem taşımaz.

　現今約有2億人口使用土耳其文，而近十年來，以土耳其文為母語的土耳其共和國，在經濟上展現的成就，讓土耳其文的重要性快速提升，同時也使大家更加好奇這個語言。在這段期間，土耳其的國民所得成長近三倍，隨著不斷成長的觀光產業，土耳其的重要性日益增加，這使土耳其和土耳其語成為使用中文的地區和國家關注的焦點。在現今這個不受任何限制、對不同文化和國家感興趣的時代下，講中文的民眾自然也不會忽視土耳其文之價值。

Bu çerçevede Chung-Lin, WEI'in (Zeren) hazırlamış olduğu "Bir Haftada Türkçe Konuşmaya Başla" kitabı çok önemlidir. Çin coğrafyasından Türkiye'ye karşı olan ekonomik, ticari, kültürel ve turistik ilginin yükseldiği bir zamanda bu kitap önemli bir ihtiyaca cevap verecek ve Türkiye ile Türkçeye her zaman özel önem vermiş olan bu dost toplulukların bilhassa ülkemiz ile daha da yakın, sıcak ve samimi ilişikiler kurmalarına yardımcı olacaktır. Türk günlük yaşamı, ulusal ve dini bayramları, mutfağı, kısaca kültürü hakkında da okuyucuya kısa bilgiler vermesi, temel dil bilgisinin ötesine geçmekte, dil öğrenen kişinin kültür ile de bağlantısını kurmasına yardımcı olmaktadır. Kitabın seslendirmelerinin ana dili Türkçe olan iki öğretim üyesi tarafından yapılmış olması çalışmaya verilen özenin ayrı bir göstergesidir.

此時，魏宗琳（Zeren）所著的《一週開口說土耳其語》一書便顯得相當重要。在華人地區和土耳其之間的經濟、貿易、文化、旅遊等各方面逐漸加溫的情況下，本書適時回應大眾的需求，並幫助這個有善的土地和我國建立更加親近、熱切的關係。書中不只教授日常生活裡所使用的簡易句型，還提供讀者關於土耳其人生活、節慶等精闢實用的文化資訊，輔以基礎文法，能有效幫助學習者建立語言和文化的連結。隨書附贈的MP3由兩位母語為土耳其文的老師錄製，讓讀者能快速掌握發音。

Bu vesileyle, Çince konuşan milyarlarca insanın Türkçe ile tanışmasını sağlayacak olan bu yapıtı bizlere kazandıran Chung-Lin WEI'e, yapıtın ortaya çıkmasında desteği olan herkese teşekkür ediyor, Türkçe öğrenmek üzere yola çıkanların yolculuklarının keyifli olmasını diliyorum.

在此，我們感謝以中文來帶領我們認識土耳其文的作者魏宗琳，以及每個協助本書的朋友，亦祝福即將踏上學習土耳其文之路的旅客們，有個愉悅的旅程。

İsmet ERİKAN

Eski Taipei Türk Ticaret Ofisi Temsilcisi

Kasım 2013

艾瑞康

前駐台北土耳其貿易辦事處代表

2013年11月

作者序

「蛤？土耳其語？」別懷疑！無論您什麼時候開始都是一個新鮮又有遠見的想法。要去哪裡學？一般市面上怎麼樣都找不到適合台灣初學者自學的教材，曾經學習過或是想要學習的人一定都有類似的經驗，如今您手上的這本書將會是最適合您的入門書！

學習土耳其語，我算是所謂的「科班出身」，但是跟您一樣，我也是從零開始，在本書中我彙整了自己在學習上的經驗，提供比較簡單、實用的學習重點給剛開始接觸土耳其的您，我相信直接使用母語的學習效果一定遠超過透過其它外語的間接學習，這也是一週開口說土耳其語實現的關鍵。

土耳其語乍聽之下讓人摸不著頭緒，事實上以我學習其它外語的經驗，我認為它是最容易上手的語言之一，怎麼說呢？第一，它「怎麼拼就怎麼唸；怎麼唸就怎麼拼」不像英文字母在不同的字詞中會有不同的唸法。第二，土耳其語是一個有系統的語言，只要按照規則走就對了。

本書共分7天，一天最多花兩個小時，或者您也可以選擇放輕鬆慢慢地學習。一週後，您可以簡單地表達自己，也能使用土耳其語和朋友溝通。聽起來是不是很棒呢？跟著隨書所附的音檔，學習正確的發音和語調，相信您的朋友也會驚訝於您的學習成果。最後，

書中有一些介紹土耳其文化的章節，透過認識土耳其文化可增加學習樂趣，此外，也有助於理解語言使用的方法與時機。

　　最後感謝瑞蘭國際出版社、政治大學土耳其語文學系馬仕強（Özcan Yılmaz）老師和許多給予我支持的前輩以及我才華出眾的繪者Fshrimp FanChiang。

2013年3月於台北

Step 1 在正式學習土耳其語之前，先簡單地認識一下土耳其吧！

究竟土耳其是一個什麼樣的國家呢？土耳其的現況如何呢？土耳其語的起源是來自於哪裡呢？了解之後，你一定更加嚮往前往這神祕的國度一探究竟！

前言

在正式學習土耳其語之前，先簡單地認識一下土耳其吧！

開始學習土耳其語之前，我們得先認識一下土耳其。一般人的印象裡，土耳其是個神祕的地方，有些人總把它和阿拉伯國家搞混。其實，土耳其沒有沙漠，也沒有駱駝，土耳其人也不是阿拉伯人。其他還有什麼地方不同呢？我們就簡單地就地理和歷史一探究竟。

土耳其共和國是什麼樣的國家？

土耳其共和國（Türkiye）

國土面積：783,562平方公里　總人口：約7千萬人

首都：安卡拉（Ankara）

貨幣：新土耳其里拉

官方語言：土耳其語

土耳其位於歐亞兩大陸的交會點，一般稱作「安那托利亞」或「小亞細亞」。東邊臨近喬治亞、亞美尼亞、伊朗、伊拉克、敘利亞、西邊臨愛琴海，鄰國有保加利亞、希臘。北邊與俄羅斯相隔黑海；南邊則是隔著地中海遙望非洲與阿拉伯半島。第一大城市「伊斯坦堡」，由世界著名的「博斯普魯斯」與「達達尼爾」海峽分割。

現代土耳其人其實就是我們所知的突厥人，屬於遊牧民族。大約11世紀時從中亞遷徙到小亞細亞地區。1299年建立了「奧斯曼帝

國」（或稱「鄂圖曼帝國」），1453年攻占「君士坦丁堡」（現在的「伊斯坦堡」）滅東羅馬帝國，其統治區域橫跨歐亞非3洲。後奧國沒落，加上參與第一次世界大戰同盟國方戰敗，原本龐大的帝國僅剩現今小亞細亞之土地。1919年由國父凱莫爾發動革命，於1923年建立現今的土耳其共和國。

土耳其的現況

土耳其實施政教分離制度，但國民有九成為穆斯林，不過相較於阿拉伯世界，土耳其屬於較開放的現代化回教社會，人口以青壯年人口占大多數，人民保有遊牧民族的粗曠和熱情特質，擁有追求現世享樂和隨性的性格。受其地理位置影響，社會和人民生活混合東西方世界的特色。

16　　　　17

Step 2 學習土耳其語字母與發音

第1天帶你認識土耳其語字母的母音與子音，首先聽聽土耳其老師如何發音，自己試著唸唸看，接著跟著練習說說看相關單字，再照著筆順寫寫看，聽、說、讀、寫輕輕鬆鬆一次學會！

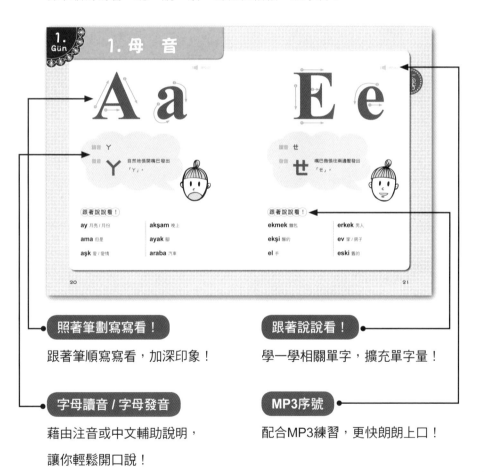

照著筆劃寫寫看！
跟著筆順寫寫看，加深印象！

跟著說說看！
學一學相關單字，擴充單字量！

字母讀音 / 字母發音
藉由注音或中文輔助說明，讓你輕鬆開口說！

MP3序號
配合MP3練習，更快朗朗上口！

學習生活常用語彙與會話

第2天～第7天教你土耳其人日常生活中幾乎天天都會用到的問候語、生活常用單字、慣用語、自我介紹、數字的用法、詢問……等超實用的生活土耳其語！

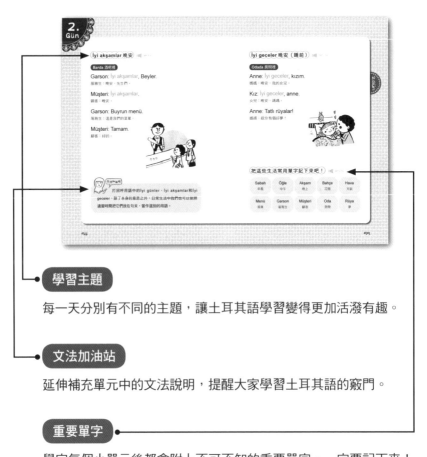

學習主題

每一天分別有不同的主題，讓土耳其語學習變得更加活潑有趣。

文法加油站

延伸補充單元中的文法說明，提醒大家學習土耳其語的竅門。

重要單字

學完每個小單元後都會附上不可不知的重要單字，一定要記下來！

輕鬆一下！

介紹土耳其的風土民情，可透過土耳其文化，更加了解土耳其語。

練習一下！

每一天的最後都附上練習題供大家自我檢測，立即檢視學習成果。

目　次

1. Gün　第1天　字母與發音 ……………………… **19**

2. Gün　第2天　土式生活 …………………………… **51**

在正式學習土耳其語之前，先簡單地認識一下土耳其吧！

開始學習土耳其語之前，我們得先認識一下土耳其。一般人的印象裡，土耳其是個神祕的地方，有些人總把它和阿拉伯國家搞混。其實，土耳其沒有沙漠，也沒有駱駝，土耳其人也不是阿拉伯人。其他還有什麼地方不同呢？我們就簡單地就地理和歷史一探究竟。

土耳其共和國是什麼樣的國家？

土耳其共和國（Türkiye）

國土面積：783,562平方公里　總人口：約7千萬人

首都：安卡拉（Ankara）

貨幣：新土耳其里拉

官方語言：土耳其語

土耳其位於歐亞兩大陸的交會點，一般稱作「安那托利亞」或「小亞細亞」。東邊臨近喬治亞、亞美尼亞、伊朗、伊拉克、敘利亞；西邊臨愛琴海，鄰國有保加利亞、希臘。北邊與俄羅斯相隔黑海；南邊則是隔著地中海遙望非洲與阿拉伯半島。第一大城是「伊斯坦堡」，由世界著名的「博斯普魯斯」與「達達尼爾」海峽分割。

現代土耳其人其實就是我們所知的突厥人，屬於遊牧民族。大約11世紀時從中亞遷徙到小亞細亞地區。1299年建立了「奧斯曼帝

國」（或稱「鄂圖曼帝國」），1453年攻占「君士坦丁堡」（現在的「伊斯坦堡」）滅東羅馬帝國，其統治區域橫跨歐亞非3洲。後帝國沒落，加上參與第一次世界大戰同盟國方戰敗，原本極盛的帝國僅剩現今小亞細亞的土地。1919年由國父凱末爾發動革命，於1923年建立現今的土耳其共和國。

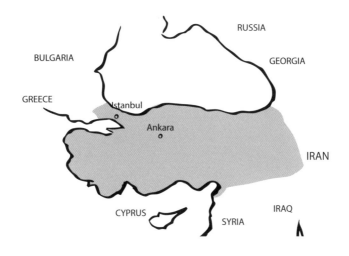

土耳其的現況

土耳其實施政教分離制度，但國民有九成為穆斯林，不過相較於阿拉伯世界，土耳其屬於較開放的現代化伊斯蘭教社會，人口以青壯年人口占大多數。人民保有遊牧民族的粗曠和熱情特質，擁有追求現世享樂和隨性的性格。受其地理位置影響，社會和人民生活混合東西方世界的特色。

土耳其地理環境優越，土地廣大物產豐饒，生產力驚人，是受世界關注的新興國家之一，經濟和政治學家將其列為新興工業化國家或新興市場。根據富士比雜誌調查，伊斯坦堡10億富豪數量在全世界排名第四。

土耳其物價和台灣差不多，但會有通貨膨脹的問題。貨幣是新土耳其里拉（YTL），里拉近年貶值嚴重，2020年時1里拉約等於6塊新台幣。當地出產的蔬果、加工品價格低廉實惠。電子產品昂貴，不過娛樂和旅遊方面相較於歐洲便宜許多。生活水平普通，屬於M型社會，居住環境有明顯的區分。

土耳其語的起源

土耳其語的前身是「奧斯曼文」，使用阿拉伯字母書寫。推翻帝國之後，凱末爾為了使教育普及，將學習起來困難的阿拉伯字母改成拉丁字母，而成今日的土耳其文字。口音是以伊斯坦堡口音為標準。

土耳其語的部分特性與阿爾泰語系相同，與中亞、蒙古、新疆、滿族所用的語言相近。阿爾泰語系注重母音和諧且多數屬於「黏著語」（在單詞後面加上一個又一個的動詞、格或是人稱）。句子組成的方式是：主詞＋受詞＋動詞。

Alfabe ve Telaffuz

第1天　字母與發音

今天我們要學習的是土耳其語的基礎，即「字母」和「發音」。現代土耳其語中共有29個字母，8個母音加上21個子音。跟我們認識的英文字母差不多，只是少了「q、w、x」，多了土耳其語特有的「ç、ğ、ı、ö、ş、ü」6個字母。其中每個字母都有個別的讀音和拼音。例如：字母「d」讀音是「de」（ㄉㄟ），但拼音時就會變成類似注音符號「ㄉ」的音。

土耳其語是一個「怎麼拼就怎麼唸；怎麼唸就怎麼拼」的語言，每個字母的讀音都是固定的，不像英文會有不同的狀況，只要順著音節唸出就可以了，聽起來很簡單吧！馬上就掃描QR Code跟著音檔學著唸唸看。

1. 母 音

MP3-01

讀音 ㄚ

發音 ㄚ　自然地張開嘴巴發出
　　　「ㄚ」。

 跟著說說看！

ay 月亮 / 月份

ama 但是

aşk 愛 / 愛情

akşam 晚上

ayak 腳

araba 汽車

MP3-02

E e

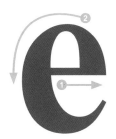

讀音　ㄝ

發音　ㄝ　嘴巴微張往兩邊壓發出「ㄝ」。

跟著說說看！

ekmek 麵包

ekşi 酸的

el 手

erkek 男人

ev 家 / 房子

eski 舊的

21

MP3-03

I ı

讀音 ㄜ

發音 **ㄜ** 嘴巴微張從口腔後方發出「ㄜ」。

跟著說說看！

ışık 光

ıspanak 菠菜

ıslak 濕的

ılık 溫的

ırmak 河流

Irak 伊拉克

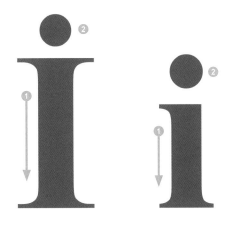

讀音　一

發音　一　牙齒咬緊，嘴型扁平發
　　　　　出「一」。

跟著說說看！

içki 酒類

incir 無花果

insan 人

ilaç 藥

iş 工作

İstanbul 伊斯坦堡

MP3-05

O o

讀音 ㄛ

發音 ㄛ 嘴巴成自然的圓發出「ㄛ」。

跟著說說看！

ofis 辦公室

orta 中間 / 中級

onur 榮譽 / 尊嚴

oyun 遊戲

okul 學校

oruç 齋戒

MP3-06

讀音 嘔

發音 嘔　嘴巴成圓形，舌頭向前伸發出類似嘔吐的聲音。

跟著說說看！

öğle 正午

öğrenci 學生

ön 前 / 前面

öykü 故事

öneri 建議

özel 特別的 / 私人的

MP3-07

U u

讀音　╳

發音　╳　　嘴巴成圓形縮小發出
　　　　　　「ㄨ」。

跟著說說看！

uçak 飛機　　　　　**usta** 師傅 / 工匠

uyku 睡意　　　　　**umut** 希望

uzak 遠的　　　　　**uzay** 太空

MP3-08

讀音 ㄩ

發音 ㄩ 嘴巴向前嘟發「ㄩ」。

跟著說說看！

üzüm 葡萄

üye 會員

ülke 國家

üniversite 大學

ütü 熨斗

üzüntü 憂愁 / 傷感

2. 子音（1）

MP3-09

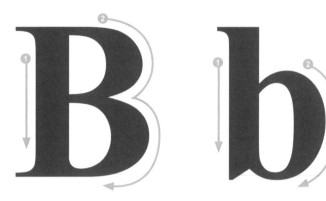

讀音　ㄅㄟ

發音　ㄅ　　嘴型扁，嘴角微上揚發出「ㄅ」。

跟著說說看！

balık 魚

badem 杏仁

bardak 杯子

biber 青椒 / 胡椒 / 辣椒

borç 債

buz 冰 / 冰塊

C c

讀音 ㄐㄧㄝ

發音 ㄐ 牙齒靠攏「ㄐ」。

跟著說說看！

cüzdan 皮夾 / 錢包

ceza 處罰 / 刑罰

can 生命

cami 清真寺

ceket 夾克

cümle 句子

MP3-11

讀音　ㄑㄧㄝ

發音　ㄑ　　牙齒先咬緊後，鬆開嘴巴微噘「ㄑ」。

跟著說說看！

çiçek 花　　　çay 茶

çabuk 快點　　çubuk 細棍 / 筷子

çanta 包包　　çöp 垃圾

30

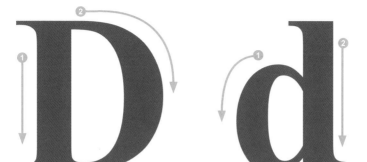

讀音 　ㄉㄟ

發音 　ㄉ　　舌尖抵住上排牙齒後方發「ㄉ」。

跟著說說看！

din 宗教

dil 舌頭 / 語言

deve 駱駝

deniz 海

doktor 醫生

defter 筆記本

MP3-13

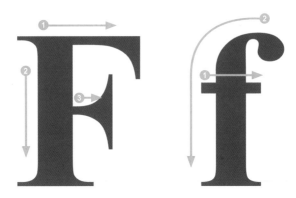

跟著說說看！

fırça 刷子

fare 老鼠

fotoğraf 照片

fikir 想法

fener 燈籠 / 燈塔

futbol 足球

讀音 　ㄍㄟ

發音 《　　嘴巴微張成扁平狀發出「ㄍ」。

跟著說說看！

gözlük 眼鏡

giriş 入口 / 入門

gazete 報紙

gıda 食品

grip 流感

güneş 太陽

讀音 ㄧㄨㄇㄨ ㄒㄩㄚ ㄍㄟ (yumuşak ge)

發音 不發音、不單獨唸。

沒有以ğ開頭的字，唸的時候拉長前面的母音。

跟著說說看！

ağaç 樹  doğru 正確的

yağmur 雨 iğne 針

bağış 捐贈 dağ 山

H h

讀音　ㄏㄟ

發音　ㄏ　　嘴巴往後壓發出「ㄏ」。

跟著說說看！

hava 天氣 / 空氣

hız 速度

harf 字母

hediye 禮物

hoca 教長 / 老師

hizmet 服務

MP3-17

J j

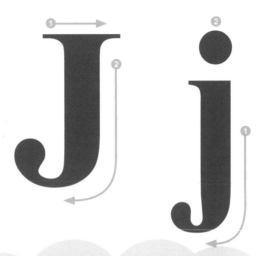

讀音 ㄐㄖㄝ

發音 「ㄐ」和「ㄖ」之間。

微捲舌發出「ㄐ」和「ㄖ」之間的音。

跟著說說看！

Japon 日本人

jeton 代幣

judo 柔道

jet 噴射機

jandarma 武警

jenerasyon 世代

K k

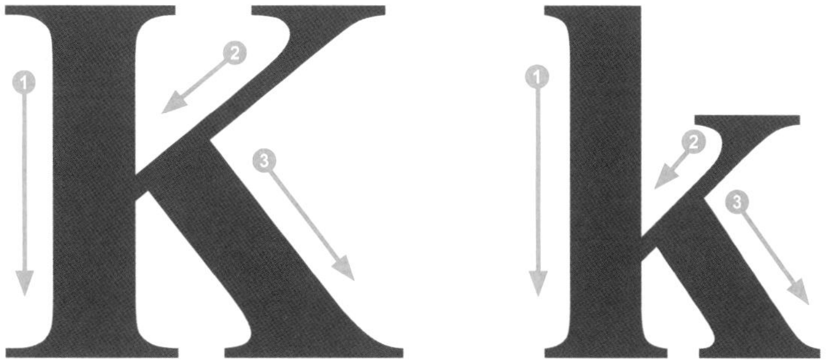

讀音 ㄎㄟ

發音 ㄎ　　嘴巴自然張開發出氣音「ㄎ」。

跟著說說看！

komşu 鄰居

kaza 事故

kitap 書

kuş 鳥

kar 雪

küpe 耳環

3. 子音（2）

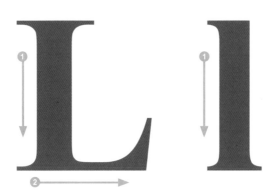

MP3-19

讀音　ㄌㄟ

發音　**ㄌ**　舌尖抵住上排牙齒後方放鬆發出「ㄌ」。

跟著說說看！

limon 檸檬

leke 汙漬

liman 港口

lavabo 洗手間

lale 鬱金香

levrek 鱸魚

I. Gün

讀音　ㄇㄟ

發音　　嘴巴閉緊後自然打開發出「ㄇ」。

跟著說說看！

moda 時髦 / 流行

misafir 客人

meydan 廣場

metro 捷運 / 地鐵

maç 比賽

maaş 薪水

MP3-20

39

MP3-21

N n

讀音 ㄋㄟ

發音 ㄋ　嘴巴自然微張，舌尖抵住上顎發出「ㄋ」。

跟著說說看！

nane 薄荷

nokta 點

not 筆記

namaz 回教徒的禮拜

nem 濕氣 / 水氣

numara 數字

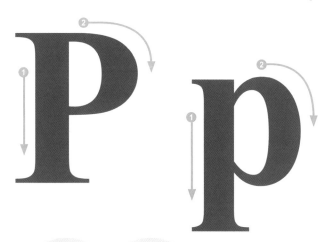

P p

讀音　ㄆㄟ

發音　ㄆ　嘴唇閉上，然後打開發出氣音「ㄆ」。

 跟著說說看！

parfüm 香水

pencere 窗戶

pul 郵票

problem 問題

pil 電池

pijama 睡衣

MP3-23

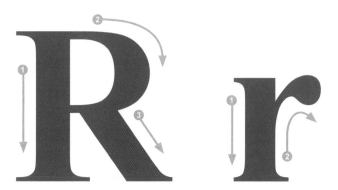

讀音　ㄖㄝ

發音　**ㄖ/ㄌ**　微捲舌發出「ㄖ」和
「ㄌ」之間的音。

跟著說說看！

ruh 靈魂

rakı 茴香酒

radyo 收音機

randevu 約會

rüya 夢

roman 小說

讀音 ㄙㄟ

發音 ㄙ 牙齒咬緊發出氣音「ㄙ」。

跟著說說看！

sanat 藝術

ses 聲音

sosis 熱狗

sözlük 字典

süt 奶

sokak 街道

MP3-25

讀音 ㄒㄩㄝ

發音 **ㄒㄩ** 嘴巴嘟起發出氣音「ㄒㄩ」。

跟著說說看！

şiir 詩

şarkı 歌曲

şans 運氣

şampanya 香檳酒

şoför 駕駛

şişe 瓶子

讀音　ㄊㄟ

發音　**ㄊ**　　舌尖抵住上排牙齒後方發出氣音「ㄊ」。

跟著說說看！

tapınak 寺廟

trafik 交通

toz 粉末 / 塵

taş 石頭

Türk 土耳其人

ticaret 商業 / 貿易

45

MP3-27

V v

讀音 **注音中無近似音**

發音 「ㄈ」、「ㄝ」之間。

上排牙齒咬住下唇發音。

跟著說說看！

vazo 花瓶

vergi 稅金

vücut 身體

vagon 車廂

vampir 吸血鬼

valiz 行李箱

I. Gün

讀音　ㄧㄝ

發音　▬　嘴角上揚，牙齒咬緊發出「ㄧ」。

跟著說說看！

yokuş 斜坡

yıldız 星星 / 明星

yaya 路人

yabancı 外國人 / 陌生人

yaprak 葉子

yastık 枕頭

MP3-29

讀音　**注音中無近似音**

發音　「ㄗ」、「ㄙ」之間。

　　　牙齒咬緊發音。

跟著說說看！

zevk 有趣 / 娛樂

zil 鈴

zafer 勝利

zenci 黑人

zincir 鍊子

zorluk 困難

4. 諧音的原則

土耳其語是一注重語音和諧的語言，為了使其聽起來順耳、講起來流暢，大部分的字都遵守諧音原則，以達語音和諧的目的。 什麼是諧音原則呢？諧音原則最主要的就是將母音分成兩組：

粗母音	Aa、Iı、Oo、Uu
細母音	Ee、İi、Öö、Üü

當我們在字詞後面要加上其他文法格式或是詞的時候，就得依照諧音原則進行。也就是說由詞根最後一個母音來判斷後面所跟著要使用哪一個母音。以下簡單提供兩種情況說明：

1. 複數用法

名詞單複數的加法就是依照著諧音原則在名詞後面加上「-lar / -ler」。粗母音＋「lar」；細母音＋「ler」。

名詞單複數：　🔊 MP3-30

	單數	複數
小孩	çocuk	çocuklar
人	insan	insanlar
禮物	hediye	hediyeler
花	çiçek	çiçekler

＊土耳其語的單複數使用上有兩點要注意：

1. 使用不可數意義的名詞時，不建議使用。　　2. 前面使用數量詞時不使用。

2. 疑問詞（詳細請參考後面的介紹）

　共有 mı、mi、mu、mü 4種變化：

（一）粗母音

　　　‧詞根最後以a或ı結尾使用mı

　　　　例如：Hasta mı？　他生病了嗎？

　　　‧詞根最後以o或u結尾使用mu

　　　　例如：yok mu？　沒有嗎？

（二）細母音

　　　‧詞根最後以e或i結尾使用mi

　　　　例如：güzel mi？　漂亮嗎？

　　　‧詞根最後以ö或ü結尾使用mü

　　　　例如：yüz mü？　一百嗎？

Türk Hayatı

第2天　土式生活

　　認識字母和熟悉發音、拼音之後，我們即將把語言帶入日常生活。在土式生活單元裡，我們就來看看土耳其人的一天是如何進行的吧！與人相遇時我們又應該如何應對？最後，在不同情境中，我們又該如何適當地使用慣用語？

1. 打招呼

土耳其人問安的時間區別：

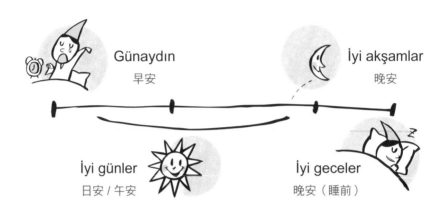

Günaydın
早安

İyi akşamlar
晚安

İyi günler
日安／午安

İyi geceler
晚安（睡前）

Günaydın 早安　　MP3-31

Saban 早晨

Melike: ahhhhhhhaaaa
梅莉凱：啊～

Aydın: (...umm)
艾登：（……嗯嗯）

Melike: Günaydın, aşkım!
梅莉凱：早安，親愛的（我的愛人）。

Aydın: Günaydın, tatlım.
艾登：早安，親愛的（我的甜心）。

İyi günler 日安 / 午安 MP3-32

Bahçede 花園裡

Ayşe: İyı günler, Ahmet Bey.

愛雪：午安，阿美特先生。

Ahmet: İyı günler, Ayşe Hanım.

阿美特：午安，愛雪女士。

Ayşe: Hava ne güzel, değil mi?

愛雪：天氣真好，不是嗎？

Ahmet: Evet, çok hoş!

阿美特：是啊，很令人愉悅。

İyi akşamlar 晚安 MP3-33

Barda 酒吧裡

Garson: İyi akşamlar, Beyler.

服務生：晚安，先生們。

Müşteri: İyi akşamlar.

顧客：晚安。

Garson: Buyrun menü.

服務生：這是我們的菜單。

Müşteri: Tamam.

顧客：好的。

文法加油站

　　打招呼用語中的İyi günler、İyi akşamlar和İyi geceler，除了本身的意思之外，日常生活中我們也可以依照適當時間把它們放在句末，當作道別的用語。

İyi geceler 晚安（睡前）  MP3-34

Odada 房間裡

Anne: İyi geceler, kızım.

媽媽：晚安，我的女兒。

Kız: İyi geceler, anne.

女兒：晚安，媽媽。

Anne: Tatlı rüyalar!

媽媽：祝你有個好夢！

把這些生活常用單字記下來吧！ MP3-35

sabah	öğle	akşam	bahçe	hava
早晨	中午	晚上	花園	天氣

menü	garson	müşteri	oda	rüya
菜單	服務生	顧客	房間	夢

2. 問候

初次見面　 MP3-36

Murat: Merhaba! Benim adım Murat. Sizin
　　　　adınız ne?

木萊德：你好！我的名字是木萊德。您的大名是？

Ebru: Merhaba! Ben Ebru.

艾布魯：你好，我是艾布魯。

Murat: Ebru Hanım, memnun oldum.

木萊德：艾布魯小姐，很高興認識您。

Ebru: Ben de memnun oldum.

艾布魯：我也是。

認識的人 🔊 MP3-37

Deniz: Aaa, Tayfun Bey merhaba!

黛尼絲：啊，泰峰先生，您好！

Tayfun: Deniz Hanım, merhaba!

泰峰：黛尼絲小姐，您好！

Deniz: Nasılsınız?

黛尼絲：您好嗎？

Tayfun: İyiyim, teşekkür ederim. Siz nasılsınız?

泰峰：我很好，謝謝。您好嗎？

Deniz: Teşekkürler. Ben de iyiyim.

黛尼絲：謝謝，我也很好。

2.
Gün

（熟識的人） MP3-38

Kemal: Ne var ne yok?

凱末爾：近來如何？

İbrahim: Fena değilim. Sende ne var ne yok?

亞伯拉罕：我還不錯，你呢？

Kemal: Eh işte, şöyle böyle.

凱末爾：唉！就這樣，普普通通。

İbrahim: Haydi hoşça kal.

亞伯拉罕：好了，再見。

Kemal: Güle güle.

凱末爾：再見！慢走。

Melek: Merveciğim, ne haber?

美雷克：親愛的美爾薇，最近怎麼樣？

Merve: İyilik, sağ ol. sen nasılsın?

美爾薇：很好，謝了。你好嗎？

Melek: İyiyim ben.

美雷克：我很好。

Merve: Görüşürüz.

美爾薇：再見。

Melek: Görüşürüz, iyi günler.

美雷克：再見。

把這些日常生活用語記下來吧！ 🔊 MP3-40

你好。	
Merhaba	Selam

您 / 你好嗎？　禮貌程度高→低			
Nasılsınız?	Nasılsın?	Ne var ne yok?	Ne haber?

回應你好嗎？　好→不好			
İyiyim	Şöyle böyle	Fene değilim	kötüyüm

再見			
Allahaısmarladık	Görüşürüz	Hoşça kal	güle güle

3. 慣用語

🔊 MP3-41

➊ 迎賓用語

-Hoş geldiniz.
歡迎光臨。

-Hoş bulduk.
幸會。（回應歡迎光臨的用語）

➋ 對正在工作的人說的話，不管是做開頭或是結尾都可以

-Kolay gelsin.
祝工作順利。

-Teşekkürler.
謝謝。

➌ 對生病的人或是遇到不好事情的人說

-Geçmiş olsun.
早日康復（就讓它過去吧）。

-Teşekkürler.
謝謝。

➍ 向打噴嚏的人說

-Çok yaşa.
長命百歲。

-Hep Beraber./Sen de gör.

大家一起。 / 你也是。

⑤ 道謝

-Teşekkür ederim./Teşekkürler.

謝謝。

-Rica ederim./Bir şey değil./Önemli değil.

不客氣。 / 小事一樁。 / 沒什麼。

⑥ 道歉

-Özür dilerim./Kusura bakmayın.

對不起。

-Bir şey değil./Önemli değil./Bir şey olmaz.

沒關係。 / 沒什麼。

⑦ 希望事情會如所想的一樣時

İnşallah

但願如此。

⑧ 當事情不如所想之時

Maalesef

很遺憾。

⑨ 吃飯時

Afiyet olsun.

祝用餐愉快。/ 祝好胃口。（對吃飯的人說）

Elinize sağlık.

謝謝您準備的。（對煮飯的人說）

⑩ 祝賀用語

İyi yolculuklar! 旅途愉快！
İyi bayramlar! 佳節愉快！
İyi tatiller! 假期愉快！
Tebrikler! 恭喜！

⑪ 看到美好或是驚奇事物的感嘆語

Maşallah!

真棒！太好了！

土耳其的節慶習俗

主要節日簡介

兒童節（Ulusal Egemenlik ve Çocuk Bayramı） —— 每年的4月23日，這天是土耳其共和國大國民議會成立的日子，象徵從帝制走向民主。凱末爾決定將這天獻給國家未來的主人及許多因戰爭失去家人的小孩，因而訂為兒童節。現在在這天固定會舉辦各式各樣的活動，並邀請世界各地的小孩一起慶祝。

青年體育節（Atatürk'ü Anma, Gençlik ve Spor Bayramı） —— 每年的5月19日，用以紀念土耳其國父凱末爾1919年5月19日抵達黑海岸開始革命的日子。這天會有體育相關的活動及典禮。同時各地也有許多以5月19日命名的學校或是地名。

開齋節（Ramazan Bayramı） —— 又稱糖節（Şeker Bayramı），屬於宗教節慶，在齋戒月後3天慶祝開齋，齋戒月中，太陽西下之前

都不可進食。日期依照伊斯蘭曆，大約是暑假快結束的時候。男生在節慶的第一天要上清真寺做禮拜，男女老少像農曆新年一樣，穿新衣服、拜訪親友，還要招待來訪的親友甜食。長輩也會給親吻其手的小孩禮物或壓歲錢。

國慶日（Cumhuriyet Bayramı）—— 紀念1923年10月29日現代土耳其共和國建立。

宰牲節（Kurban Bayramı）—— 宗教節慶，為紀念先知亞伯拉罕獻給阿拉自己的兒子（後來用羔羊代替）的故事。依照伊斯蘭曆時程，通常在年底會慶祝4天。宰牲節和開齋節是信奉伊斯蘭教國家最重要的兩個節日。家家戶戶大掃除、做禮拜和拜訪親友，通常有能力的家庭會宰殺牛或羊，不只是家族裡的人吃還會送給窮人，這個節日有犧牲奉獻的精神。現在有時也會以捐款的方式代替送食物。

回答問題

問題 Merhaba, adınız ne?

回答 _____

問題 Nasılsınız?

回答 _____

問題 Teşekkür ederim.

回答 _____

問題 Memnun oldum.

回答 _____

問題 Hoşça kal.

回答 _____

選出符合情境的句子

| Kolay gelsin | Özür dilerim |
| Geçmiş olsun | İyi yolculuklar |

_____

_____

_____

_____

MEMO

Hakkımda

第3天　關於我

前一天我們開始了日常會話，在寒暄之後，對方可能會想要更了解你。所以今天我們要來學如何簡單地介紹自己！今天的內容是以自己為中心，首先藉由簡單的表格，了解土耳其語中名詞在不同人稱時使用的方法，接著會延伸到職業與數字的用法。過了今天，你不但能和土耳其人說哈囉，還能稍微認識彼此、搭起友誼的橋梁。

1. 名詞文法

　　名詞句是最直接地表達方式，例如：我是醫生（Ben doktorum）、他不是醫生（O doktor değil）。由於只有「是」跟「否」兩種可能，因此也不會有太複雜的變化。

	人稱	肯定	否定
我	Ben	-(y)I m	+değilim
你	Sen	-s I n	+değilsin
他 / 它	O	無	+değil
我們	Biz	-(y)I z	+değiliz
你們	Siz	-s I n I z	+değilsiniz
他們	Onlar	-IAr	+değiller

土耳其文的文法標示：

・A表示的是a或e

・I表示為ı、i、u、ü其中之一，辨別的方法是：

　前面是a或ı時，用ı

　前面是e或i時，用i

　前面是o或u時，用u

　前面是ö或ü時，用ü

・(y)表示前面詞根以母音結尾時須先墊上一個y，再加後面人稱格尾

肯定

Ben doktorum.
我是醫生。

Sen yabancısın.
你是外國人 / 陌生人。

O memur.
他是公務員。

Biz öğrenciyiz.
我們是學生。

Siz çocuksunuz.
你們是小孩。

Onlar işçiler.
他們是工人。

否定

Ben doktor değilim.
我不是醫生。

Sen yabancı değilsin.
你不是外國人 / 陌生人。

O memur değil.
他不是公務員。

Biz öğrenci değiliz.
我們不是學生。

Siz çocuk değilsiniz.
你們不是小孩。

Onlar işçi değiller.
他們不是工人。

3.Gün

2. 介紹自己

認識本書的固定角色們 🔊 MP3-43

Merhaba arkadaşlar,
各位朋友大家好，

Ben Ebi.
我是艾比。

12 yaşındayım.
我12歲。

Tayvanlıyım. Bir öğrenciyim.
我是台灣人。我是一個學生。

Anadilim Çince.
我的母語是中文。

Kola ve tatlı seviyorum.
我喜歡可樂和甜食。

Memnun oldum.
很高興認識大家。

艾比 Ebi

Merhaba arkadaşlar,

各位朋友大家好，

Ben Ali.

我是阿里。

50 yaşındayım.

我50歲。

Türküm. Bir işadamıyım.

我是土耳其人。我是一個商人。

Anadilim Türkçe.

我的母語是土耳其文。

Telefon numaram 0912-345-678

我的電話號碼0912-345-678

Memnun oldum.

很高興認識大家。

阿里 Ali

🔊 MP3-45

Merhaba arkadaşlar,

各位朋友大家好，

Ben David.

我是大衛。

38 yaşındayım.

我38歲。

Ben Rusum. Bir lunaparkta işçiyim.

我是俄國人。我是遊樂園的員工。

Anadilim Rusça.

我的母語是俄語。

Sigara ve rakı seviyorum.

我喜歡香菸和茴香酒。

Bekarım. Memnun oldum.

我單身。很高興認識大家。

大衛 David

常用句型

1 Ben ___名字___.　我是___名字___。

2 (Benim)adım ___名字___.　我的名字是___名字___。

3 ___年齡___ yaşındayım.　我___年齡___歲。

*數字說法請參照p.11

4 ___國家___yım.　我是___國家___人。

5 Bir ___職業___(y)im.　我是一個___職業___。

*更多職業說法請參照p.9

6 Ben ___職業___lik yapıyorum.　我從事___職業___的工作。

*別緊張，動詞用法請參照p.114

7 Anadilim ___語言___.　我的母語是___語言___。

8 Bekarım./Evliyim.　我單身。/ 我已婚。

重要單字 🔊 MP3-46

國家名	國籍	語言
Tayvan (Çin Cumhuriyeti) 台灣（中華民國）	Tayvanlı 台灣人	Tayvanca 台語
Türkiye 土耳其	Türk 土耳其人	Türkçe 土耳其文
Amerika 美國	Amerikalı 美國人	İngilizce 英文
Çin (Çin Halk Cumhuriyeti) 中國（中華人民共和國）	Çinli 中國人	Çince 中文
Japonya 日本	Japon 日本人	Japonca 日文
Kore 韓國	Koreli 韓國人	Korece 韓文
Rusya 俄羅斯	Rus 俄國人	Rusça 俄文
Almanya 德國	Alman 德國人	Almanca 德文
Fransa 法國	Fransız 法國人	Fransızca 法文

3. 職業

認識各行各業　🔊 MP3-47

　　表達自己從事的行業或是工作有很多種說法，請跟著例句找出你的吧！

Ben bir mimarım.
我是一個建築師。

Sen bir doktorsun.
你是一個醫生。

O aşcılık yapıyor.
他從事廚師的工作。

Ben öğretmenlik yapıyorum.
我從事老師的工作。

Ben fotoğrafçıyım.
我是攝影師。

Sen ressamsın.
你是畫家。

O işçilik yapıyor.
他從事工人的工作。

Ben iş adamıyım.
我是商人。

重要單字 🔊 MP3-48

asker 軍人	memur 公務員	sporcu 運動員	polis 警察
garson 服務生	mühendis 工程師	temizlikçi 清潔員	şoför 駕駛
postacı 郵差	çiftçi 農夫	oyuncu 演員	rehber 導遊

4. 數字的用法

單純數字 🔊 MP3-49

　　土耳其文的數字說法和英文的邏輯一樣，像是並沒有「萬」而是「十千」，表達比較大的數字時也是「個十百千」單位組合而成，所以一定要將關鍵的單位數字記清楚以便使用。

bir 一	iki 二	üç 三	dört 四	beş 五
altı 六	yedi 七	sekiz 八	dokuz 九	on 十
yirmi 二十	otuz 三十	kırk 四十	elli 五十	altmış 六十
yetmiş 七十	seksen 八十	doksan 九十	yüz 百	bin 千
milyon 百萬	milyar 十億	sıfır 零		

on iki	12「＝10＋2」
doksan üç	93「＝90＋3」
yedi yüz otuz dört	734「＝7×100＋30＋4」
bin dokuz yüz seksen	1,980「＝1000＋9×100＋80」
üç bin sekiz yüz elli yedi	3,857「＝3×1000＋8×100＋50＋7」
on beş bin yüz altmış dokuz	15,169「＝(10＋5)×1000＋100＋60＋9」
yirmi bin üç yüz doksan	20,390「＝20×1000＋3×100＋90」
yirmi beş	25「＝20＋5」
yüz kırk altı	146「＝100＋40＋6」

＊以此邏輯推理

重要單字——數量詞　🔊 MP3-50

tane 個	sayfa 頁	adet 份 / 個	çift 雙
kutu 箱	şişe 瓶	bardak 杯	porsiyon 份（食物）
litre 公升	dilim 片	kilo 公斤	parça 塊 / 部分

表達順序

其實表達順序的方法就是在單純數字後面加上「-(I)ncI」。

土耳其文的文法標示：

· I表示為 ı、i、u、ü其中之一，辨別的方法是：

前面是a或ı時，用ı　　　前面是e或i時，用i

前面是o或u時，用u　　　前面是ö或ü時，用ü

· (I) 表示前面詞根以母音結尾時省略

如下表：　MP3-51

birinci	ikinci	üçüncü	dördüncü
第一	第二	第三	第四

beşinci	altıncı	yirmi yedinci	yüzüncü
第五	第六	第二十七	第一百

電話號碼

當我們說電話號碼的時候，是直接唸出單個數字。例如：0912-345-678 我們會唸「零九一二 三四五 六七八」，但是在土耳其語中，他們習慣將連續數字分成以百為單位一組，所以說0912-345-678會變成「零 九百一十二 三百四十五 六百七十八」，在唸的時候他們就會這樣子表達。

例子：0923-484-182＝sıfır, dokuz yüz yirmi üç, dört yüz seksen dört, yüz seksen iki

介紹自己

　　前面我們認識了艾比、阿里和大衛之後，也向他們簡單介紹一下你自己吧！運用我們學到的一些好用句型，套上自己的情況先寫下來，之後練習說說看！

Merhaba, Ben _____

_____

_____

_____

_____

_____

_____

_____ . Çok memnun oldum.

回答下列問題

桌上有幾個杯子？

_____tane.

桌上有幾支叉子？

_____tane.

桌上有幾朵花？

_____tane çiçek var.

桌上有幾張餐巾紙？

_____tane peçete var.

請以土耳其語寫出下列的數字

47 _____

22 _____

102 _____

846 _____

3205 _____

9310 _____

MEMO

4.Gün

Ailem

第4天　我的家庭

　　對土耳其人來說，家庭、家族是非常重要的。土耳其人與家族
成員之間的關係，可以說是密不可分。每逢過年過節，家族團聚、
親戚之間的相互拜訪絕對不可少。今天除了學習家庭成員怎麼說之
外，也會學習「所有」、「所屬」與「有」、「沒有」的說法，來
表達兩個人或是兩件物品的關係。

1. 所有、所屬格文法

有了「所有」和「所屬」格，我們便能掌握物品或是人的相對關係，兩者中「所屬格」又更為重要，因為即便沒有「所有格」，光是看「所屬格」大致也能分辨出其擁有者。

	人稱	所有格	所屬格
我	Ben	Benim	-(I)m
你	Sen	Senin	-(I)n
他 / 它	O	Onun	-(s)I
我們	Biz	Bizim	-(I)mIz
你們	Siz	Sizin	-(I)nIz
他們	Onlar	Onların	-lArI
其他	名詞	-(n)In	-(s)I

土耳其文的文法標示：

· A表示的是a或e

· I表示為 ı、i、u、ü其中之一，辨別的方法是：

前面是a或ı時，用ı

前面是e或i時，用i

前面是o或u時，用u

前面是ö或ü時，用ü

‧(I)表示前面詞根以母音結尾時省略

所有格：表示擁有者

所屬格：表示被擁有（屬於某人）的人／物品

所有格和所屬格就像括弧的兩邊，一定要蓋起來才算完整。

例句練習 🔊 MP3-52

Benim kalemim. 我的筆。

Senin kitabın. 你的書。

Onun ayakkabısı. 他的鞋子。

Bizim ülkemiz. 我們的國家。

Sizin arabalarınız. 你們的車子（複數）。
※複數依照實際情況加減

Onların öğretmenleri. 他們的老師（複數）。

Misafirin elbisesi. 客人的衣服。

2. 家族成員介紹

親屬關係最適合表現「所有格」和「所屬格」，利用彼此對等的狀態來練習「所有」、「所屬」的關係。

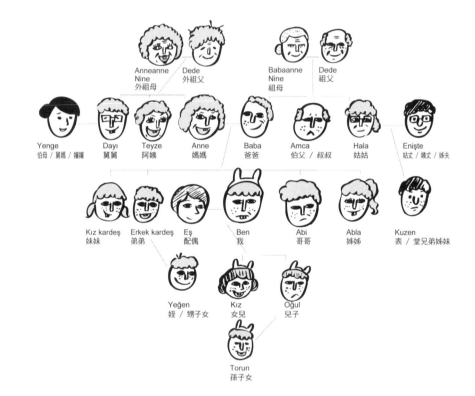

Anneanne / Nine 外祖母　Dede 外祖父　Babaanne / Nine 祖母　Dede 祖父

Yenge 伯母 / 舅媽 / 嬸嬸　Dayı 舅舅　Teyze 阿姨　Anne 媽媽　Baba 爸爸　Amca 伯父 / 叔叔　Hala 姑姑　Eniște 姑丈 / 姨丈 / 姊夫

Kız kardeş 妹妹　Erkek kardeş 弟弟　Eş 配偶　Ben 我　Abi 哥哥　Abla 姊姊　Kuzen 表 / 堂兄弟姊妹

Yeğen 姪 / 甥子女　Kız 女兒　Oğul 兒子

Torun 孫子女

Bu benim ablam. 這是我的姊姊。

O ablamın çocuğu. 那是我姊姊的小孩。

Onun adı Akın. 它的名字是阿肯。

O erkek (benim) abim.
那個男人是我哥哥。

O kadın (benim) annem.
那個女人是我媽媽。

Annem ev hanımı.
我的媽媽是家庭主婦。

Sen (benim) abimsin.
你是我的哥哥。

Abim bir avukat.
我哥哥是一位律師。

Sen (benim) kız kardeşimsin.
你是我的妹妹。

4.Gün

89

3. 句型：有、沒有

　　中文的「有」土耳其語是「var」，中文的「沒有」土耳其語是「yok」。通常表達有無時，是將「有」（var）和「沒有」（yok）放在句尾或名詞後。

_____var.　有_____。　　例句：ev var.　有房子。／有家。

_____yok.　沒有_____。　　例句：su yok.　沒有水。

例句練習　　MP3-55

Kutuda fotoğraf makinesi <u>var</u>.

箱子裡有照相機。

Bardakta su <u>var</u>.

杯子裡有水。

Kutuda kitap yok. Ama mektup <u>var</u>.

箱子裡沒有書。但是有信。

Oyuncak <u>yok</u>.

沒有玩具。

Cep telefonu <u>var</u>.

有手機。

Bir oğlum var.

我有一個兒子。

Babamın bir torunu var.

我爸爸有一個孫子。

Arkadaşların var.

你有朋友們。

Kardeşi yok.

他沒有兄弟姊妹。

Ama babasının beş kardeşi var.

但是他爸爸有五個兄弟姊妹。

重要單字　🔊 MP3-56

kalem 筆	elbise 衣服	fotoğraf makinesi 照相機
mektup 信	oyuncak 玩具	cep telefonu 手機
avukat 律師	ev hanımı 家庭主婦	ama 但是

 文法加油站

　　以var、yok表達單純的物件時不需要有「所屬格」，但當表達的是某個人擁有某樣物品時，則需在物品上要先加上所屬格來分別擁有者，之後再加上var或是yok。例如：param var.（我有錢。）

4. 軟化的原則

　　有時候，我們會看見某些字詞的最後一個字母加上「格」時，會改變成其他字母。例如：「書本kitap」加上所屬格，變成「我的書kitabım」，此時尾巴的「p」改變成「b」。這種情況我們就稱作「子音軟化」，有些以無聲子音「ç、k、p、t」結尾的字詞當後面要加上母音時，會轉變成相對應的有聲字音「c、ğ（某些特殊例子 g）、b、d」，唸起來比較順口。

舉例說明：　 MP3-57

	軟化前	軟化後
胡蘿蔔	havuç	havucu
葉子	yaprak	yaprağı
口袋	cep	cebim
煩惱	dert	derdim

93

土耳其家庭

在土耳其社會中，家庭、家族是非常重要的一環。由於土耳其人一般來說結婚得早、生育率高，所以家裡面至少有兩三個兄弟姊妹，更別說每個人都還有七、八個叔叔、阿姨之類的。雖然一家人口這麼多，但通常彼此之間互動非常頻繁，按照習俗，逢年過節一定要團圓或是到彼此的家中拜訪。

土耳其家族中，男人在家的時間大多過得很舒服，但是要負起保護家族中的女性及烤肉的責任；女人則是負責煮飯和把家中打掃得一塵不染。

看圖回答問題

elma	top	kuş	limon
gitar	çanta	pasta	bıçak

var	yok

4.Gün

(　) Benim sadece bir çocuğum var.

(　) İki kızım var.

(　) Bir oğlum ve bir kızım var.

(　) Dede ve torun

(　) Anne ve baba

(　) Eşim ve ben

(　) babası ile.

(　) kardeşi ile.

(　) köpek ile.

Sıfat

第5天　形容詞

　　為了使我們的語句更加豐富、精確，我們不能不使用形容詞來表達想法。土耳其語中的形容詞，其多樣化不輸給中文，同一個形容詞可能會有多重的意義，或是帶有個別文化的涵義。今天讓我們一起學習，如何形容人或是事物吧！

1. 形容詞文法

※形容詞的文法表格，與名詞完全相同。

除了許多形形色色的形容詞之外，形容詞句型就和名詞句型相同。只要在形容詞前後多添加幾個常用的程度用詞，即可創造出豐富的表達。

	人稱	肯定	否定
我	Ben	-(y)I m	+değilim
你	Sen	-s I n	+değilsin
他 / 它	O	無	+değil
我們	Biz	-(y)I z	+değiliz
你們	Siz	-s I n I z	+değilsiniz
他們	Onlar	-IAr	+değiller

土耳其文的文法標示：

・A表示的是a或e

・I表示為ı、i、u、ü其中之一，辨別的方法是：

　前面是a或ı時，用ı

　前面是e或i時，用i

　前面是o或u時，用u

　前面是ö或ü時，用ü

・(y)表示前面詞根以母音結尾時，先墊上一個y再加上人稱

例句練習 🔊 MP3-58

肯定

Ben akıllıyım.
我是聰明的。

Sen güzelsin.
你是漂亮的。

O az.
那個少。

Biz zenginiz.
我們是有錢的。

Siz gençsiniz.
你們是年輕的。

Onlar temizler.
他們是乾淨的。

否定

Ben akıllı değilim.
我不是聰明的。

Sen güzel değilsin.
你不是漂亮的。

O az değil.
那個不少。

Biz zengin değiliz.
我們不是有錢的。

Siz genç değilsiniz.
你們不是年輕的。

Onlar temiz değiller.
他們不是乾淨的。

5. Gün

2. 形容人

O çok tatlı. 他很可愛。

O mutlu. 他高興。

O kısa boylu. 他是矮的。

Ben üzgünüm. 我傷心。

Ben şişmanım. 我是胖的。

Ben çirkinim. 我是醜的。

Siz yaşlısınız. 您是老的。

Siz sağlıklısınız. 您是健康的。

Siz hasta değilsiniz. 您不是生病的。

Biz çok fakiriz. 我們很窮。

Biz zayıfız. 我們是瘦的。

Biz hastayız. 我們是生病的。

Sen iyi bir doktorsun.

你是一位好醫生。

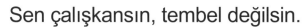

Sen yorgunsun.

你是疲累的。

Sen çalışkansın, tembel değilsin.

你是努力的，不是懶惰的。

 MP3-60

Bak o çok yakışıklı değil mi?
Hem de çalışkan biri.

你看他是不是很帥？而且還是個用功的人。

Doğru ama o benim tipim değil.
O ciddi ve kısa boylu.

對！但是他不是我的菜。他很嚴肅，長得又矮。

Önemli değil. Zaten kız arkadaşı var.

無所謂，反正他已經有女朋友了。

重要單字 MP3-61

güzel 漂亮的 / 棒的	**çirkin** 醜的	**uzun boylu** 高的	**kısa boylu** 矮的
zayıf 瘦的 / 弱的	**şişman** 胖的	**yaşlı** 老的	**genç** 年輕的
iyi 好的	**kötü** 壞的	**mutlu** 開心的	**üzgün** 傷心的
zengin 有錢的	**fakir** 貧窮的	**ciddi** 嚴肅的	**komik** 搞笑的
çalışkan 努力的 / 用功的	**tembel** 懶惰的	**güçlü** 強壯的 / 有力的	**heyecanlı** 緊張的
hasta 生病的	**yorgun** 疲累的	**tatlı** 甜美的 / 可愛的	**meşhur** 出名的

(情境練習) MP3-62

Bunlar çok lezzetli.
Eline sağlık.

這些非常美味。謝謝你準備這些。

Afiyet olsun canım.
Şu tatlı da çok güzel.

請不要客氣，多吃點，
親愛的，那個甜點也很棒。

Tamam sonra yerim.

好的，我待會兒吃。

MP3-63

Canım, hangisi bana daha uygun?

親愛的，哪個比較適合我？

Bence o mavi pantalon daha güzel.

我覺得那件藍色的褲子比較好看。

Ama bu yeşil etek daha ucuz.
İndirim var.

但是這條綠色的裙子比較便宜，
有折扣。

5. Gün

MP3-64

Hoş geldiniz buyurun.
歡迎你們,請進。

Hoş bulduk.Vay ne kadar lüks bir ev.
打擾了。哇!多麼豪華的房子。

Tabii. Bu mahalle inanılmaz pahalı.
當然,這個社區是令人難以相信的貴。

MP3-65

Hahahahh bu çok komik.
哈哈哈哈……這個好好笑。

Evet, konusu da ilginç.
對啊,劇情也很有趣。

Oyunculuk kolay bir şey değil.
當演員真不是件簡單的事。

Özellikle komedyen için.
尤其是喜劇演員。

重要單字 MP3-66

lezzetli 美味的 / 好吃的	uygun 適合的	pahalı 貴的	ucuz 便宜的	lüks 豪華的 / 奢華的
kötü 壞的 / 糟的	sıkıcı 無聊的	ilginç 有趣的	zor 難的	kolay 簡單的
kalın 粗的 / 厚的	ince 細的 / 薄的	uzak 遠的	yakın 近的	uzun 長的
kısa 短的	doğru 對的	yanlış 錯的	tatlı 甜的	ekşi 酸的
hızlı 快的	yavaş 慢的	soğuk 冷的	sıcak 熱的	

顏色 MP3-67

kırmızı 紅色	turuncu 橘色	sarı 黃色	yeşil 綠色	mavi 藍色
mor 紫色	pembe 粉紅色	kahverengi 咖啡色	siyah 黑色	beyaz 白色
gri 灰色	renkli 彩色			

4. 加強語氣

　　單一形容詞可以具體而簡單地描述人事物，但我們除了形容詞之外還需要表達程度上的差異。例如：快、很快、非常快。好、很好、非常好、太好了。所以接下來我們要學的是加上「程度詞」，將形容詞轉變到不同層次的表達。

程度形容詞　🔊 MP3-68

biraz	çok	daha	ne kadar
有點	非常 / 很	比較	那麼 / 多麼

en	son derece	inanılmaz
最	最	難以相信的

好、壞　🔊 MP3-69

Biraz kötü
有點糟

Çok iyi
很好

Çok kötü
很糟

iyi
好

Son derece iyi
太好了

帥

yakışıklı
帥

Daha yakışıklı
比較帥

En yakışıklı
最帥

速度

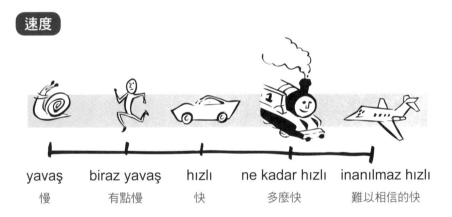

yavaş
慢

biraz yavaş
有點慢

hızlı
快

ne kadar hızlı
多麼快

inanılmaz hızlı
難以相信的快

※要連結不同的形容詞或是名詞，要使用「ve（和）」。

土耳其人的飲食習慣

　　土耳其人的一天一定從早餐開始，對他們來說，在家裡吃早餐是一件天經地義且非常重要的事情。早晨的餐桌上，一定會有主食麵包，配上不同的自家釀的果醬、起司、橄欖、水煮蛋以及新鮮切片的番茄和小黃瓜。稍微好一點的早餐，可能還會有炸春捲或是土耳其牛肉香腸，最重要的是配上一杯土耳其紅茶。

真的沒有時間在家悠閒吃飯時，便會在路上的芝麻圈餅（simit）攤子買兩個芝麻圈或是不同的麵包（poğaça）到了辦公室再叫杯紅茶配著吃。

　　其他正餐他們習慣的吃法是，先喝一碗加入豆子熬煮的濃湯，淋上檸檬、配上新鮮白麵包，眼前還會有一盤以小黃瓜和番茄為基礎的沙拉，幾碟冷盤，可能是優格或是茄子。主餐通常會是烤肉或是和馬鈴薯等食材一起燉煮的燉肉。邊上還有番茄泥豆子或是奶油飯和義大利麵。非正餐時間，可能會叫簡單的壓吐司（就是把兩片吐司中間夾上香腸片或是起司，放到像夾子一樣的機器裡壓扁烤熱的食物）或買個沙威瑪，配上炸薯條和飲料果腹。

　　吃甜點是土耳其人的習慣，土耳其有各式琳瑯滿目的甜點，不過口味偏甜。飯後大家都習慣叫個甜點配紅茶吃，除了傳統的土式甜點之外，還有口感綿密的土耳其冰淇淋或是西式蛋糕、餅乾。

　　飲料方面，跟全世界人一樣他們常常喝可樂、芬達等罐裝飲料，不過最道地的土耳其冷飲其實是「鹹優格」（ayran）和氣泡水（soda）。ayran一開始喝起來可能會覺得有點怪，但習慣了以後甚至還會念念不忘。它具有解膩、防中暑和幫助消化的功能。氣泡水則是有分單純沒味道的或是水果口味的。由於土耳其當地自己製造氣泡水，價格便宜、氣泡也很飽足，同樣具有幫助消化的功能。

　　至於熱飲，紅茶絕對是他們喝得最多的飲料。喝紅茶算是土耳其的特殊文化，他們用上下兩壺煮紅茶，上壺是非常濃的紅茶；下壺是滾燙的熱水，兩壺交替倒入鬱金香杯中，人們說紅茶的顏色要如兔子血一般。通常茶盤上會附兩塊方糖，依個人喜好加入。最後是土耳其咖啡，相傳歐洲的咖啡是經由土耳其傳過去的，土耳其咖啡一般是用一種特殊容器（cezve）來煮，口味很重、喝到後面要留下杯底的殘渣，某些咖啡館還會免費提供咖啡占卜，依據殘留的咖啡渣來講解運勢。喝完咖啡後，習慣要吃兩顆土耳其軟糖（lokum）來解苦膩味。

回答問題

根據今天所學的形容詞來回答下列問題：

① 超人的衣服上有哪三種顏色？

_____.

② 形容一下你自己。

Ben_____biriyim.

我是_____的一個人。

③ 誰是你最喜歡的電影明星？為什麼？

Ben en çok_____seviyorum.

我最喜歡_____。

Çünkü o_____.

因為他 / 她_____。

❹ 形容一下你家。

Benim evim＿＿＿＿＿＿＿＿＿＿＿.

我的家＿＿＿＿＿＿＿＿＿＿。

❺ 你覺得土耳其是一個什麼樣的地方？

＿＿＿＿＿＿＿＿＿＿＿＿＿＿＿bir yer.

＿＿＿＿＿＿＿＿＿＿＿＿＿＿＿的一個地方。

填入適當的形容詞

zengin   kırmızı   güzel   uzun

sıcak   soğuk   yaşlı   sıkıcı

_____   _____

_____   _____

Eylem
第6天　動詞

今天我們要進入土耳其語最精髓的動詞部分，土耳其語中光是時態就有好幾種，而其表達的時間狀態也包含很多意義。本書中我們只需要先學習4個最重要且最直接的時態：「現在（進行）式」、「過去式」、「未來式」和「寬廣式」，就足以應付土耳其日常生活所用。這些時態看起來雖然多而繁雜，實際上卻是很容易理解的，因為土耳其語是很有系統的語言，只要依照規則變化即可。現在就開始學習動詞，活化我們的語句吧！

1. 現在（進行）式

現在（進行）式的基本意思是「正在做」，但依照文意它也可以表達出「習慣」或是「狀態」，也可以是「即將發生的未來」。

	人稱	肯定	否定
我	Ben	-(I)yorum	-m I yorum
你	Sen	-(I)yorsun	-m I yorsun
他 / 它	O	-(I)yor	-m I yor
我們	Biz	-(I)yoruz	-m I yoruz
你們	Siz	-(I)yorsunuz	-m I yorsunuz
他們	Onlar	-(I)yorlar	-m I yorlar

土耳其文的文法標示：

・I表示為 ı、i、u、ü其中之一，辨別的方法是：

前面是a或ı時，用ı

前面是e或i時，用i

前面是o或u時，用u

前面是ö或ü時，用ü

・(I)表示前面詞根以母音結尾時省略

肯定

Ben spor seviyorum.
我喜歡運動。

Sen kitap okuyorsun.
你正在看書。/ 你有閱讀的習慣。

O konuşuyor.
他正在講話。/ 他會講話。

Biz çalışıyoruz.
我們在工作。/ 我們有在上班。

Siz şarkı söylüyorsunuz.
你們在唱歌。/ 你們會唱歌。

Onlar oturuyorlar.
他們正坐著。

否定

Ben spor sevmiyorum.
我不喜歡運動。

Sen kitap okumuyorsun.
你沒在看書。/ 你沒有閱讀的習慣。

O konuşmuyor.
他沒在講話。/ 他不講話。

Biz çalışmıyoruz.
我們沒在工作。/ 我們沒在上班。

Siz şarkı söylemiyorsunuz.
你們沒在唱歌。/ 你們不唱歌。

Onlar oturmuyorlar.
他們沒坐著。

情境對話

  MP3-71

Ebi: Canım, ne yapıyorsun?
艾比：親愛的，你在做什麼？

David: Çalışıyorum. Sen ne yapıyorsun?
大衛：我正在工作。你在做什麼？

Ebi: Okula gidiyorum. Hoşça kal!
艾比：我要去學校。再見！

David: Güle güle.
大衛：再見。

Hacer: Alo, aşkım nasılsın?

哈潔兒：喂，親愛的，你好嗎？

Ali: iyiyim, çay içiyorum. Çocuk ne yapıyor?

阿里：我很好，正在喝茶。孩子在做什麼？

Hacer: Televizyon seyrediyor. Hadi kapatıyorum.

哈潔兒：在看電視。好了，我掛囉。

Ali: Tamam, öpüyorum bay bay.

阿里：好，親一個，掰掰。

Kütüphanede 圖書館裡 MP3-73

Enes: Ebi ne haber?

艾耐斯：艾比最近如何？

Ebi: Şöyle böyle, kitap okuyorum.

艾比：普普通通，我正在看書。

Enes: Ben okumak istemiyorum. Görüşürüz.

艾耐斯：我不想看。再見。

Ebi: Görüşürüz.

艾比：再見。

yapmak 做	okumak 讀	konuşmak 講 / 說
gitmek 去	çalışmak 工作 / 努力	oynamak 玩 / 演奏
oturmak 坐	söylemek 說 / 唱	seyretmek 觀賞
sevmek 喜歡 / 愛	istemek 想要	öpmek 親吻
açmak 打開	kapatmak 關上	televizyon 電視
kütüphane 圖書館		

※-mak/-mek前面的是動詞字根。變化的方法就是去除-mak/-mek加上時態。

6.Gün

2. 過去式

其實土耳其語中有兩種過去式，分別表達不同的意思。但本書我們只介紹最單純的過去式，僅表達實際已經做過的事情。

	人稱	肯定	否定
我	Ben	-DIm	-mAdIm
你	Sen	-DIn	-mAdIn
他 / 它	O	-DI	-mAdI
我們	Biz	-DIk	-mAdIk
你們	Siz	-DInIz	-mAdInIz
他們	Onlar	-DIlAr	-mAlArdI

土耳其文的文法標示：

．A表示的是a或e

．D表示的是d或t，前面是有聲子音時，使用d；無聲子音（氣音）

　時，使用t

．I表示為 ı、i、u、ü其中之一，辨別的方法是：

　前面是a或ı時，用ı

　前面是e或i時，用i

　前面是o或u時，用u

　前面是ö或ü時，用ü

肯定

Ben kahvaltı yaptım.
我吃了早餐。

Sen sinemaya gittin.
你去看了電影。

O ağladı.
他哭了。

Biz yedik.
我們吃過了。

Siz kahve içtiniz.
你們喝過咖啡了。

Onlar yazdılar.
他們寫了。

否定

Ben kahvaltı yapmadım.
我沒吃早餐。

Sen sinemaya gitmedin.
你沒去看電影。

O ağlamadı.
他沒哭。

Biz yemedik.
我們沒吃。

Siz kahve içmediniz.
你們沒喝咖啡。

Onlar yazmadılar.
他們沒寫。

6.Gün

(情境對話)

Evde 家裡 MP3-76

Ebi: Anne~ akşam yemeği pişirdin mi?

艾比：媽～妳煮晚餐了嗎？

Anne: Daha pişirmedim, ne oldu?

媽媽：我還沒煮，怎麼了？

Ebi: Öğle yemeği erken yedim. Şimdi çok açım.

艾比：我中餐吃早了。現在好餓。

Anne: Anladım kızım, hemen başlıyorum.

媽媽：我了解了，女兒，我馬上開始。

Ali: Merhaba ben Ali. Hoş geldiniz, buyurun.

阿里：您好！我是阿里。歡迎您，請坐。

David: Tesekkür ederim Ali Bey, memnun
　　　　oldum.

大衛：謝謝您！阿里先生，幸會！

Ali: David Bey, CV hazırladınız mı?

阿里：大衛先生，您有準備履歷嗎？

David: Tabii, buyurun.

大衛：當然，請過目。

6.Gün

Odada 房間裡 🔊 MP3-78

Ali: Hapşuuuu~

阿里：哈哈啾～

Hacer: Çok yaşa sevgilim.Hasta mı oldun
　　　 yoksa?

哈潔兒：長命百歲（他人打噴嚏用）親愛的。難道你生病了？

Ali: Hep beraber.Bilmiyorum belki.

阿里：一起長命百歲（回應打噴嚏用）。我不知道，或許。

Hacer: Geçmiş olsun. Sana sıcak su
　　　 getiriyorum.

哈潔兒：早日康復。我去幫你拿熱水。

ağlamak 哭	yemek 吃	içmek 喝
yazmak 寫	pişirmek 煮飯	anlamak 懂 / 理解
başlamak 開始	olmak 變成	bilmek 知道
getirmek 帶來	hazırlamak 準備	CV 履歷
sinema 電影院	kahvaltı 早餐	öğle yemeği 中餐
akşam yemeği 晚餐		

6.Gün

文法加油站

「olmak」的意思是「變成」，主要的功能是能用「動作型態」來表達名詞和形容詞。例如：hızlı oldu（變快了）、doktor oldu（他變成醫生）。另外「olmak」也會解釋成「發生」例如：bir şey oldu（發生了一件事）。

3. 未來式

　　未來式顧名思義就是指出即將要做的事情，一般來說只要是未發生而確定將要發生的都可以使用。依據文意有時會當「命令式」來使用。

	人稱	肯定	否定
我	Ben	-(y)AcAğIm	-mAyAcAğIm
你	Sen	-(y)AcAksIn	-mAyAcAksIn
他 / 它	O	-(y)AcAk	-mAyAcAk
我們	Biz	-(y)AcAğIz	-mAyAcAğIz
你們	Siz	-(y)AcAksInIz	-mAyAcAksInIz
他們	Onlar	-(y)AcAklAr	-mAyAcAklAr

土耳其文的文法標示：

・A表示的是a或e

・I表示為ı、i、u、ü其中之一，辨別的方法是：

　前面是a或ı時，用ı

　前面是e或i時，用i

　前面是o或u時，用u

　前面是ö或ü時，用ü

・(y)表示前面詞根以母音結尾時，先墊上一個y再加上人稱

例句練習 🔊 MP3-60

肯定

Ben vere<u>ceğ</u>im.
我將會給。

Sen ya<u>pacaks</u>ın.
你將要做。

O dene<u>yecek</u>.
他將會嘗試。

Biz bulu<u>şacağ</u>ız.
我們將會見面。

Siz döne<u>ceksiniz</u>.
你們將會回去。

Onlar gid<u>ecekler</u>.
他們將會去。

否定

Ben ver<u>meyeceğ</u>im.
我將不會給。

Sen ya<u>pmayacaks</u>ın.
你將不會做。

O den<u>emeyecek</u>.
他將不會嘗試。

Biz bulu<u>şmayacağ</u>ız.
我們將不會見面。

Siz dön<u>meyeceksiniz</u>.
你們將不會回去。

Onlar git<u>meyecekler</u>.
他們將不會去。

6.Gün

情境對話

Odada 房間裡 MP3-81

Anne: Buraya bak. Ne kadar pis bir oda.

媽媽：看看這裡。多麼髒的一間房間。

Ebi: Öyle mi? Çok pis değil bence.

艾比：是嗎？我覺得沒有很髒啊。

Anne: Odanı temizleyeceksin, yoksa bu akşam
　　　dışarıya çıkmayacaksın.

媽媽：你要打掃你的房間，不然你今晚不能出門。

Ebi: Peki, yapacağım.

艾比：好吧，我會做。

Kadın: Bugün kira vereceksiniz.

女人：您今天就得付房租。

David: Ama param yok şimdi.

大衛：但我現在沒有錢。

Kadın: O zaman taşınacaksınız.

女人：那您就得搬家。

David: Tamam tamam, yarın vereceğim.

大衛：好，我明天會給。

Masada 在桌上 MP3-83

Ali: Tatlım, bu akşam evde yemeyeceğim.

阿里：親愛的，今天晚上我不在家吃。

Hacer: Neden?

哈潔兒：為什麼？

Ali: Geceye kadar çalışacağız.

阿里：我們今天要工作到半夜。

Hacer: Tamam anladım. Kolay gelsin.

哈潔兒：好的，我知道了。辛苦了。

重要單字 🔊 MP3-84

vermek 給	denemek 嘗試	buluşmak 見面
temizlemek 打掃	çıkmak 出 / 爬	dönmek 回
taşınmak 搬家	seyahat etmek 旅遊	temiz 乾淨的
pis 髒的	kapı 門	kira 租金

6.Gün

4. 寬廣式

寬廣式顧名思義其時間性很大，它包含了過去、現在和未來，表達比較大概的時間，或無法確切訂出時間性的動作、不可改變的「事實」、「真理」。寬廣式最主要的特色在它的不確定感，即相較於其他時態它所呈現的動作並不那麼確切。例如：眼前受邀參加一個聚會，但礙於時間或是還沒確定要不要出席，但又不好直接回絕對方時，就會使用寬廣式。類似中文「好啊！再看看」的用法。

	人稱	肯定	否定
我	Ben	(A)/(I)rIm	mAm
你	Sen	(A)/(I)rsIn	mAzsIn
他 / 它	O	(A)/(I)r	mAz
我們	Biz	(A)/(I)rIz	mAyIz
你們	Siz	(A)/(I)rsInIz	mAzsInIz
他們	Onlar	(A)/(I)rlAr	mAzlAr

土耳其文的文法標示：

・A表示的是a或e

・I表示為 ı、i、u、ü其中之一，辨別的方法是：

　前面是a或ı時，用ı

　前面是e或i時，用i

　前面是o或u時，用u

　前面是ö或ü時，用ü

(A) / (I)的分別大致為：單一音節的動詞字根使用 A，一個以上的使用 I。但也有特殊的例子是使用 A。所以一開始只要記住常用的幾種動詞就可以了。

例句練習 MP3-85

肯定

Ben bilirim.
我知道。

Sen alırsın.
你拿。／你會拿。

O yapar.
他知道怎麼做。／他會做。

Biz veririz
我們給。／我們會給。

Siz bakarsınız.
你們看。／你們會看。

Onlar yerler.
他們吃。／他們會吃

否定

Ben bilmem.
我不知道。

Sen almazsın.
你不拿。／你不會拿。

O yapmaz.
他不知道怎麼做。／他不會做。

Biz vermeyiz.
我們不給。／我們不會給。

Siz bakmazsınız.
你們不看。／你們不會看。

Onlar yermezler.
他們不吃。／他們不會吃。

6.Gün

情境對話

Parkta 公園裡 MP3-86

Ebi: Anne bana bak!

艾比：媽！你看我！

Anne: Düşersin.Dikkat et!

媽媽：你會摔跤。小心！

Ebi: Ahhhhhh~

艾比：啊～

Anne: Sana söyledim.

媽媽：我跟你說過了。

Anne: Kızım, baban nereye gitti?

媽媽：女兒，你爸去哪裡了？

Kız: Bilmem anne.

女兒：我不知道，媽媽。

Anne: Peki, hadi yemek hazır.

媽媽：好吧，快點！飯好囉。

Kız: Geliyorum.

女兒：我來了。

6.
Gün

Kapıda 在門口 MP3-88

Komşu: Affedersiniz, çocuğuma bakar mısınız?

鄰居：不好意思，您可以幫我看一下小孩嗎？

David: Bakmam.

大衛：我不看。

Komşu: Bakarsınız, hemen dönüyorum.

鄰居：您會看的，我馬上回來。

David: ......

大衛：……

重要單字 MP3-89

almak 拿 / 買	bakmak 看	düşmek 掉落 / 跌落
mutfak 廚房	alışveriş 購物	

136

5. 土耳其人的說話習慣

　　根據土耳其人所選用的時態，我們可以同時推斷出他們的狀態及意願。

現在進行式：即將發生或是正在進行，動作確切。

過去式：確實發生的過去動作。

未來式：確定會發生的未來動作。

寬廣式：不確定會不會發生，但現在當下表達出的意見。例如：

Gidiyorum.　　　我馬上要去。／我在路上要去了。

Gittim.　　　　我去過了。

Gideceğim.　　　我將會去。（非常確定會去）

Giderim.　　　　我會去。（不是肯定，或許是場面話）

連連看

O spor yapmak · · içtiniz.

Siz çay · · yaparsın.

Ben kitap · · okuyacağım.

Onlar yemeğe · · seviyoruz.

Sen öğretmenlik · · istiyor.

Biz mavi · · gidecekler.

我的一天

請用今天學會的4種時態，寫出你的一整天。

Sabah_____

_____

_____

_____

_____ .

選出適合的情境

O seyahat etmeyi çok seviyor.　O kadınlara bakıyor.

O eşile sinemaya gidiyor.　O markette alışveriş yapıyor.

O piyano çalıyor.　O yemek pişiriyor.

_____

_____

_____

_____

_____

_____

MEMO

7.Gün

Soru Cümleleri

第7天 疑問句

　　已經到了最後一天，大部分會使用到的基礎都已經學會囉！今天學習的重點是「問問題」。畢竟所謂的溝通，除了要會表達自己之外，也要能聽懂別人的問題，利用簡單實用的疑問詞來發問，或者使用對的疑問詞，了解他人、輕鬆解決問題！

1. 疑問詞

如何「**nasıl**」　 MP3-90

　　人、事、物均可使用。對人是詢問狀態或是感覺；對事物是詢問狀況和意見。

人

Ali: Nasılsın?

阿里：你好嗎？（你如何？）

Hacer: İyiyim. Teşekkürler.

哈潔兒：我很好。謝謝。

事

Ali: Nasıl gidiyor?

阿里：（事情）進行得如何？

David: İyi gidiyor.

大衛：進行得很順利。

物

Kız: Bu nasıl?

女孩：這個如何？

Erkek: Güzel!

男孩：很漂亮!

人、事、物均可使用。是讓人選擇的問題，但不一定是擇一。

人

Kız: Hangi sanatçıyı seviyorsun?

女孩：你喜歡哪個明星？

Ebi: Tarkan seviyorum.

艾比：我喜歡塔康。

事

Öğretmen: Hangi mevsim soğuk?

老師：哪個季節冷？

Çocuk: Kış.

小孩子：冬季。

物

Anne: O elbise nasıl?

媽媽：那件衣服如何？

Ebi: Hangi elbise?

艾比：哪件衣服？

多少「kaç」、「ne kadar」 🔊 MP3-92

　　人、事、物均可使用。「kaç」是問「幾」，算的是可數名詞，回答時是帶數字和單位；「ne kadar」則是「多少」，多用來算不可數或是不以單一計量的名詞，例如：液體、米粒等，回答時使用重量長度單位。

人

Ali: Burada kaç kişi var?

阿里：這裡有多少人？

David: Burada yedi kişi var.

大衛：這裡有七個人。

物

Müşteri: Ne kadar?/ Kaç para?

顧客：多少（錢）？

Satıcı: Toplam 100 lira.

賣家：總共是100里拉。

物

Satıcı: Kaç tane istiyorsun?

賣家：你要幾個？

Müşteri: İki tane.

顧客：兩個。

什麼「ne」  MP3-93

　　使用在事物上。意思和用法跟中文裡的「什麼」一樣，包含沒聽清楚對方的話發出的「什麼？」就是「ne?」

事

Ebi: Ne yapıyorsun?

艾比：你在做什麼？

David: Kahve içiyorum.

大衛：我在喝咖啡。

物

Çocuk: Bu ne?

小孩子：這是什麼？

Öğrenci: Bu araba.

學生：這是車子。

 誰「kim」 🔊 MP3-94

使用在人身上。

 人

Öğretmen: Bu çanta kimin?

老師：這個包包是誰的？

Öğrenci: Benim.

學生：我的。

 人

Kız A: O kim?

女孩A：他是誰？

Kız B: O Ahmet.

女孩B：他是阿美特。

什麼時間「ne zaman」 🔊 MP3-95

詢問事的時間。至於詢問「現在幾點？」則是用「saat kaç?」

事

Ali: Toplantı ne zaman olacak?

阿里：會議會是什麼時候？

Sekreter: Saat onda olacak.

祕書：會在十點鐘。

事

David: Ne zaman gitti?

大衛：他什麼時候走的？

Sekreter: Bir saat önce.

祕書：一小時前。

什麼地點「nerede」、「nereden」、「nereye」 🔊 MP3-96

可使用於人、事、物，「nerede」是「在哪裡」；「nereden」是「從哪裡」；「nereye」是「去哪裡」。

 人

Anne: Neredesin?
媽媽：你在哪裡？

Ebi: Evdeyim.
艾比：我在家裡。

物

Ali: Bardak nerede?
阿里：杯子在哪裡？

Sekreter: Bardak masada.
祕書：杯子在桌上。

 人

Ebi: Nereden geldin?
艾比：你從哪裡來的？（單純問句 / 問背景）

Yabancı: Amerika'dan geldim.
外國人：我從美國來的。

Öğrenci: Okuldan geldim.

學生：我從學校來的。

事

Ali: Nereden çıktı bu iş?

阿里：這事是從哪裡冒出來的？

David: Bilmem.

大衛：我不知道。

人

Baba: Kızım, nereye?

爸爸：女兒，去哪裡？

Kız: Alışverişe.

女兒 / 女孩：購物。

物

David: Bu tren nereye gider?

大衛：這輛火車去哪裡？

Yolcu: Bu tren Ankara'ya gider.

旅客：這輛火車去安卡拉。

為什麼「**neden**」、「**niye**」 🔊 MP3-97

使用於事，詢問事情的原因、動機。

事

Ali: Ben geç kalacağım.

阿里：我會遲到。

Sekreter: Niye?

祕書：為什麼？

事

Abi: Neden yapmıyorsun?

哥哥：你為什麼不做？

Çocuk: Çünkü sevmiyorum.

小孩子：因為我不喜歡。

2. 時間的說法

時間的單字 MP3-98

saniye	dakika	saat	buçuk
秒	分	小時	半

çeyrek	yarım
十五分鐘	半（前面沒有數字）

時間的說法

7:00	7:30	7:25
Saat yedi	Yedi buçuk	Yedi yirmi beş
七點鐘	七點半	七點二十五

Beş saniye	On beş dakika	Beş saat
五秒鐘	十五分鐘	五小時

Yarım saat	İki buçuk saat	Dört saat otuz dakika
半小時	兩個半小時	四小時三十分鐘

文法加油站

　　「saat」這個字的位置很重要，會影響整個句子的意思。例如：「saat kaç?」是「幾點？」；而「kaç saat?」是「幾小時？」。

　　有時候我們口語中的「等一下」，土耳其語裡則會用「bir saniye」或是「bir dakika」來表示。

3. 日期的說法

日期的單字 MP3-99

gün	hafta	ay	yıl
日	週	月	年

ilkbahar	yaz	sonbahar	kış
春季	夏季	秋季	冬季

Ocak	Şubat	Mart	Nisan
一月	二月	三月	四月

Mayıs	Haziran	Temmuz	Ağustos
五月	六月	七月	八月

Eylül	Ekim	Kasım	Aralık
九月	十月	十一月	十二月

Pazar	Pazartesi	Salı	Çarsamba
星期日	星期一	星期二	星期三

Perşembe	Cuma	Cumartesi
星期四	星期五	星期六

日期的說法

　　國人習慣的順序是「年 / 月 / 日」。但土耳其人的習慣卻是「日 / 月 / 年」。另外在「年」的表達上，中文裡常常會簡化年的說法，例如：2013會說二零一三年，但土耳其語裡是需要完整說出的，例如：2013會說兩千十三年。

範例：

1998 Bin dokuz yüz doksan sekiz	**2013** İki bin on üç
14.7 On dört Temmuz 七月十四	**5.12** Beş Aralık 十二月五日
3.4.2007 Üç Nisan iki bin yedi 二零零七年四月三日	**27.11.1876** Yirmi yedi Kasım bin sekiz yüz yetmiş altı 一八七六年十一月二十七

Yedi gün	Üç hafta	Bir ay	Bir buçuk ay	İki yıl
七天	三個星期	一個月	一個半月	兩年

7.Gün

選出正確答案

Hava nasıl?

( ) çay içiyorum.

( ) evde.

( ) sıcak.

Kim gidecek?

( ) odaya.

( ) sevmiyorum.

( ) Ali.

Mehmet nerede?

( ) Parkta.

( ) Gidiyorum.

( ) bardakta.

O ne?

( ) Benim.

( ) şeker.

( ) Çünkü param yok.

Sen nereden geldin?

( ) Ahmet.

( ) Ahmet.

( ) Ofisten.

x

MEMO

Ek

附錄

　　7天過去了，是不是已經對土耳其和土耳其語有了許多認識呢？為了能變化出更豐富的句子，附錄中收錄許多實用的單字提供給您參考。另外，每一天所做的習題也可以在這裡找到答案喔！希望您一週收獲滿滿！

1. 生活常用單字

meyve 水果 MP3-100

çilek 草莓	elma 蘋果	erik 李子	incir 無花果
kayısı 杏桃	kavun 香瓜	karpuz 西瓜	kiraz 櫻桃
kivi 奇異果	mango 芒果	muz 香蕉	nar 石榴
portakal 柳橙	şeftali 水蜜桃	üzüm 葡萄	vişne 酸櫻桃

sebze 蔬菜

biber 青椒	brokoli 青花菜	domates 番茄	fasulye 豆子
havuç 胡蘿蔔	ıspanak 波菜	kabak 櫛瓜	lahana 高麗菜
mantar 蘑菇	mısır 玉米	nane 薄荷	patates 馬鈴薯
patlıcan 茄子	salatalık 小黃瓜	sarımsak 大蒜	soğan 洋蔥

malzeme 用具

bıçak 刀子	çatal 叉子	çaydanlık 兩層茶壺	cezve 長柄咖啡壺
çubuk 筷子	fırça 刷子	fırın 烤箱	havlu 毛巾
kaşık 湯匙	ocak 爐子	tabak 盤子	tencere 鍋子

giyisi 衣物

ayakkabı 鞋子	ceket 夾克	çorap 襪子	elbise 衣服 / 洋裝
etek 裙子	eşofman 運動服	gömlek 襯衫	iç çamaşırı 內衣褲
kazak 毛衣	kot pantolon 牛仔褲	pantolon 長褲	pijama 睡衣
şapka 帽子	takım elbise 西裝	terlik 拖鞋	tişört T恤

vücut 身體

ayak 腳	ağız 嘴巴	baş 頭	bacak 腿
boğaz 喉嚨	burun 鼻子	diz 膝蓋	el 手
göz 眼睛	kol 手臂	kulak 耳朵	mide 胃
parmak 手指	popo 屁股	saç 頭髮	sırt 背

2. 生活常用動詞

MP3-101

aramak	çıkmak	dans etmek	dinlemek
打電話 / 找	出	跳舞	聆聽

dinlenmek	duymak	düşünmek	evlenmek
休息	聽	想 / 思考	結婚

girmek	giymek	hissetmek	kalmak
進入	穿	感覺	留

kalkmak	koklamak	spor yapmak	vurmak
起床 / 站起	聞起來	做運動	打 / 敲 / 按

回答問題

問題 Merhaba, adınız ne? 你好，您的名字是？

回答 Merhaba adım XXX. 你好，我的名字是某某某。

問題 Nasılsınız? 您好嗎？

回答 İyiyim teşekkür ederim. 我很好，謝謝。

問題 Teşekkür ederim. 謝謝。

回答 Bir şey değil./Önemli değil./Problem değil. 小事一件。／沒關係。／沒問題。

問題 Memnun oldum. 幸會。

回答 Ben de memnun oldum. 我也幸會。

問題 Hoşça kal. 再見。

回答 Güle güle. 再見。

選出符合情境的句子

Kolay gelsin	祝工作順利 / 辛苦了
Özür dilerim	對不起
Geçmiş olsun	早日康復
İyi yolculuklar	祝旅途愉快 / 一路順風

Geçmiş olsun
_____

İyi yolculuklar
_____

Kolay gelsin
_____

Özür dileyim
_____

介紹自己

前面我們認識了艾比、阿里和大衛之後，也向他們簡單介紹一下你自己吧！運用我們學到的一些好用句型，套上自己的情況先寫下來，之後練習說說看！

Merhaba, Ben Mehmet.Otuz yaşındayım.Türküm.Evliyim bir kızım

var. Memurum. Eşim öğretmenlik yapıyor.Tayvanlı.Spor seviyorum.

Çok memnun oldum.

你好，我是美合美特。我三十歲。土耳其人。已婚，有一個女兒。我是公務員。我

太太從事教職。台灣人。我喜歡運動。 幸會／很高興認識您。

回答下列問題

桓上有幾個杯子？

_____Bir_____ tane.　一個。

桓上有幾支叉子？

_____Bir_____ tane.　一個。

桓上有幾朵花？

_____Üç_____ tane çiçek var.

有三朵花。

桓上有幾張餐巾紙？

_____Üç_____ tane peçete var.

有三張餐巾紙。

請以土耳其語寫出下列的數字

47 _____kırk yedi_____

22 _____yirmi iki_____

102 _____yüz iki_____

846 _____Sekiz yüz kırk altı_____

3205 _____üç bin iki yüz beş_____

9310 _____dokuz bin üç yüz on_____

附錄

看圖回答問題

elma	top	kuş	limon
蘋果	球	鳥	檸檬
gitar	çanta	pasta	bıçak
吉他	包包	蛋糕	刀子

var	yok
elma pasta limon çanta	gitar top kuş bıçak

勾選正確的項目

( ) Benim sadece bir çocuğum var.
我只有一個小孩

( ) İki kızım var.
我有兩個女兒

(√) Bir oğlum ve bir kızım var.
我有一個兒子和一個女兒

(√) Dede ve torun
爺爺和孫子

( ) Anne ve baba
媽媽和爸爸

( ) Eşim ve ben
我先生／太太和我

( ) babası ile.
和他的爸爸一起

( ) kardeşi ile.
和他的兄弟姊妹一起

(√) köpek ile.
和狗一起

回答問題

根據今天所學的形容詞來回答下列問題：

① 超人的衣服上有哪三種顏色？

Mavi kırmızı sarı _____.

② 形容一下你自己。

Ben_____çalışkan ve güzel_____biriyim.

我是_____努力又漂亮_____的一個人。

③ 誰是你最喜歡的電影明星？為什麼？

Ben en çok_____Tarkan'ı_____seviyorum.

我最喜歡_____塔陳_____。

Çünkü o_____çok yakışıklı_____.

因為他 / 她_____很帥_____。

④ 形容一下你家。

Benim evim_____temiz ve büyük_____.

我的家_____乾淨又大_____。

⑤ 你覺得土耳其是一個什麼樣的地方？

_____Uzak ama güzel_____bir yer.

_____遠但是很棒_____的一個地方。

填入適當的形容詞

zengin	kırmızı	güzel	uzun
有錢的	紅色的	漂亮的 / 好的	長的
sıcak	soğuk	yaşlı	sıkıcı
熱的	冷的	老的	無聊的

sıcak

soğuk

zengin

uzun

連連看

根據今天所學的形容詞來回答下列問題：

O spor yapmak　・　　　　　・ içtiniz.

Siz çay　・　　　　　・ yaparsın.

Ben kitap　・　　　　　・ okuyacağım.

Onlar yemeğe　・　　　　　・ seviyoruz.

Sen öğretmenlik　・　　　　　・ istiyor.

Biz mavi　・　　　　　・ gidecekler.

我的一天

請用今天學會的4種時態，寫出你的一整天。

Sabah erken kalktım. Kahvaltı yaptım. Okula gittim. Şimdi yemek

yiyorum ve çay içiyorum. Sonra eve döneceğim akşam arkadaşımla

buluşacağım. Akşam yemeği yiyeceğiz.

早上我很早就起床了，我吃了早餐，去了學校。現在在吃東西和喝茶。之後我要回

家，晚上要和我的朋友見面，我們要吃晚餐。

_____.

選出適合的情境

O seyahat etmeyi çok seviyor.
他非常喜歡旅行。

O kadına bakıyor.
他正在看女人。

O eşiyle sinemaya gidiyor.
他和他的先生/太太去看電影。

O markette alışveriş yapıyor.
他在市場購物。

O piyano çalıyor.
他在彈鋼琴。

O yemek pişiriyor.
他在煮飯。

O kadına bakıyor

O markette alışveriş yapıyor.

O seyahat etmeyi çok seviyor.

O piyano çalıyor.

O eşiyle sinemaya gidiyor.

O yemek pişiriyor.

選出正確答案

Hava nasıl?
天氣如何？

( ) Çay içiyorum. 我在喝茶

( ) Evde. 在家

(✓) Sıcak. 熱

Kim gidecek?
誰要去？

( ) Odaya. 去房間

( ) Sevmiyorum. 我不喜歡／我不愛

(✓) Ali. 阿里

Mehmet nerede?
美合美特在哪裡？

(✓) Parkta. 在公園

( ) Gidiyorum. 我正要去

( ) Bardakta. 在杯子裡

O ne?
那是什麼？

( ) Benim. 我的

(✓) Şeker. 糖

( ) Çünkü param yok. 因為我沒有錢

Sen nereden geldin?
你從哪來的？

( ) Ahmet. 阿美特

( ) Kısa boylu. 矮的

(✓) Ofisten. 從辦公室

現在幾點？

Saat yedi　七點　　　　Altı buçuk　六點半　　　Sekiz on iki　八點十二

Beş on altı　五點十六　　Dört buçuk　四點半　　　Saat on iki　十二點

今天是什麼日子？

9.6.2012　dokuz Haziran iki bin on iki

29.10.1923　yirmi dokuz Ekim bin dokuz yüz yirmi üç

1.1.2006　bir Ocak iki bin altı

MEMO

國家圖書館出版品預行編目資料

信不信由你 一週開口說土耳其語 QR Code版 / 魏宗琳著
-- 二版 -- 臺北市：瑞蘭國際, 2020.04
176面；17 x 23公分 --（繽紛外語系列；97）
ISBN：978-957-9138-74-1（平裝）
1.土耳其語 2.讀本

803.818   109004354

繽紛外語系列 97

信不信由你
一週開口說土耳其語 QR Code版

作者｜魏宗琳・插畫｜Fshrimp FanChiang・總策劃｜繽紛外語編輯小組
責任編輯｜葉仲芸、王愿琦・校對｜魏宗琳、葉仲芸、王愿琦

土耳其語錄音｜馬仕強（Özcan Yılmaz）、貝琳（Berrin Köse ÖZBERK）
錄音室｜采漾錄音製作有限公司
封面設計、版型設計、內文排版｜余佳憓

瑞蘭國際出版

董事長｜張暖彗・社長兼總編輯｜王愿琦
編輯部
副總編輯｜葉仲芸・副主編｜潘治婷・文字編輯｜鄧元婷
設計部主任｜余佳憓・美術編輯｜陳如琪
業務部
副理｜楊米琪・組長｜林湲洵・專員｜張毓庭

出版社｜瑞蘭國際有限公司・地址｜台北市大安區安和路一段104號7樓之1
電話｜(02)2700-4625・傳真｜(02)2700-4622・訂購專線｜(02)2700-4625
劃撥帳號｜19914152 瑞蘭國際有限公司・瑞蘭國際網路書城｜www.genki-japan.com.tw

法律顧問｜海灣國際法律事務所　呂錦峯律師

總經銷｜聯合發行股份有限公司・電話｜(02)2917-8022、2917-8042
傳真｜(02)2915-6275、2915-7212・印刷｜科億印刷股份有限公司
出版日期｜2020年04月初版1刷・定價｜320元・ISBN｜978-957-9138-74-1